Il ne faut pas habiller les animaux

Ecrit par Judi Barrett et illustré par Ron Barrett

l'école des loisirs

11, rue de Sèvres à Paris 6ᵉ

Pour Amy et Valerie

Il ne faut pas habiller les animaux...

parce que
ce serait
désastreux
pour le porc-épic
de porter
des vêtements,

parce que

le chameau

les mettrait

aux mauvais

endroits,

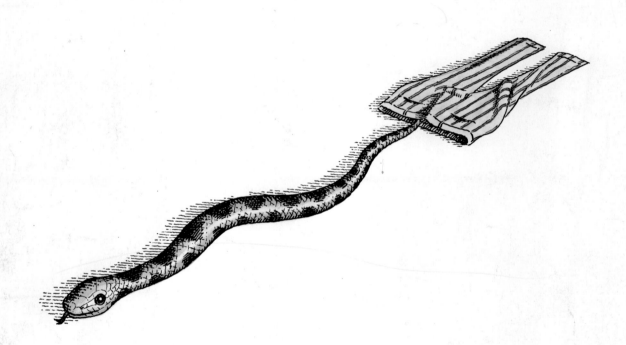

parce que
le serpent
les perdrait,

parce que
la souris
s'y perdrait,

parce que

le mouton

aurait

trop chaud,

parce que
le cochon
les salirait,

parce que
la poule
serait
embarrassée,

parce que
le kangourou
ne saurait
qu'en faire,

parce que
la girafe
serait ridicule,

parce que
la chèvre
les brouterait
au déjeuner,

parce que
le morse
les porterait
toujours
trempés,

parce que
l'élan

ne pourrait pas
se débrouiller,

parce que
les opossums
les mettraient
sûrement
à l'envers,

et surtout,
parce que
ce serait gênant
pour bien
des gens.